Adalbert Stifter, geboren am 23. Oktober 1805 in Oberplan/Böhmerwald, ist am 28. Januar 1868 in Linz gestorben.

Die Erzählung *Der heilige Abend* wurde 1845 in einer Wiener Zeitung erstmals abgedruckt – Stifter überarbeitete später diesen Text und nahm ihn unter dem Titel ›Bergkristall‹ in seine Erzählsammlung ›Bunte Steine‹ (1853) auf.

Erzählt wird die Geschichte der Geschwister Konrad und Sanna, die sich am Heiligen Abend auf dem Rückweg von der Großmutter im Schneetreiben verirren. Sie verbringen die Nacht in einer Gebirgshöhle und werden bei ihrem Versuch, durch den tiefen Schnee ins Tal zu gelangen, von einem Suchtrupp ihres Heimatdorfes aufgespürt und gerettet.

Monika Wurmdobler hat mit großem Gefühl das Geschehen dieser Erzählung illustriert.

insel taschenbuch 699

Stifter

Der heilige Abend

Adalbert Stifter
Der heilige Abend

Mit farbigen Illustrationen von
Monika Wurmdobler

Insel Verlag

insel taschenbuch 699
Erste Auflage 1986

Hinweise zu dieser Ausgabe am Schluß des Bandes
Vertrieb durch den Suhrkamp Taschenbuch Verlag
Umschlag nach Entwürfen von Willy Fleckhaus
Satz: Fotosatz Otto Gutfreund, Darmstadt
Druck: Nomos Verlagsgesellschaft, Baden-Baden
Printed in Germany

1 2 3 4 5 6 – 91 90 89 88 87 86

Der heilige Abend

So wie in manchen, vorzüglich in protestantischen Ländern der Tag vor dem Geburtsfeste des Herrn der Christabend heißt, so heißt er in vielen katholischen Gegenden, namentlich in den schönen Gauen unseres engeren Vaterlandes vorzugsweise der *heilige Abend,* so wie der darauf folgende Tag der *heilige Tag* heißt und die dazwischen liegende Nacht den Namen *Weihnacht* führt. Es wird allgemein bekannt sein, daß die katholische Kirche den Christtag mit ihrer allergrößten kirchlichen Feier begeht, ja daß in den meisten ihrer Gemeinden schon die Mitternachtsstunde, als die Geburtsstunde des Herrn, mit prangender Nachtfeier geheiligt wird, zu der die Glocken durch die stille, finstere, winterliche Mitternachtluft laden, und die Bewohner mit Lichtern oder auf dunkeln, wohlbekannten Pfaden aus schneeigen Bergen, an bereiften Wäldern vorbei und durch knarrende Obstgärten zu der Kirche eilen, aus der die feierlichen Töne kommen, und die aus der Mitte des in beeiste Bäume gehüllten Dorfes mit den langen beleuchteten Fenstern emporragt. Eben so bekannt, ja durch alle Länder der Christenheit noch weit bekannter wird es sein, daß man den Kindern die Ankunft des

Christkindleins, auch eines Kindes, des wunderbarsten, das je auf der Welt war, als ein heiteres, glänzendes, feierliches Ding zeigt, das auf alle Zeiten fort wirkt, und oft noch spät in den Jahren des Mannes bei trüben, schwermütigen oder rührenden Erinnerungen gleichsam mit den bunten schimmernden Fittichen durch den öden, traurigen, ausgeleerten Nachthimmel fliegt. Man pflegt gegen Abend, wenn die tiefe Dämmerung eingetreten ist, Lichter anzuzünden, welche in den meisten Fällen ihrer sehr viele sind, und oft mit den kleinen Kerzlein auf den schönen grünen Ästen eines Tannen- oder Fichtenbäumchens schweben, das mitten in der Stube steht. Die Kinder dürfen nicht eher kommen, als bis das Zeichen gegeben wird, daß der heilige Christ zugegen gewesen ist, und die Geschenke, die er mitgebracht, hinterlassen hat. Dann geht die Tür auf, die Kleinen dürfen hinein, und bei dem herrlichen schimmernden Lichterglanze sehen sie Dinge auf dem Baume hängen oder auf dem Tische herumgebreitet, die alle Vorstellungen ihrer Fantasie weit übertreffen, die sie sich nicht anzurühren getrauen, die sie endlich, wenn sie dieselben bekommen, den ganzen Abend in ihren Ärmchen herumtragen, und mit sich in das Bett nehmen. Wenn sie dann zuweilen in ihre Träume hinein die Glockentöne der Mitternacht hören, durch welche die Großen in die Kirche zur Andacht gerufen werden, dann ist ihnen, als zögen jetzt Englein durch den Himmel, oder als kehre der heilige

Christ nach Hause, welcher nunmehr bei allen Kindern gewesen und jedem von ihnen ein herrliches Geschenk hinterbracht hat. Darum ist der andere Tag so feierlich, wenn sie frühmorgens, mit ihren schönsten Kleidern angetan, in der warmen Stube stehen, wenn der Vater und die Mutter sich zum Kirchgange schmücken, wenn nach der Rückkehr derselben ein feierliches Mahl ist, besser als jedes im ganzen Jahre, und wenn Nachmittags oder gegen den Abend hin Freunde und Bekannte kommen, auf den Stühlen und Bänken herumsitzen, mit einander reden und behaglich durch die Fenster hinausschauen können in die Wintergegend, wo entweder die langsamen Flocken niederfallen, oder ein trübender Nebel um die Berge stockt, oder die blutrote kalte Sonne hinabsinkt. An verschiedenen Orten der Stube, auf einem Stühlchen oder auf einem Fensterbrettchen liegen die magischen, aber nun doch schon bekannten und gleichgiltiger werdenden Geschenke von gestern. Dann geht der lange Winter so dahin, dann kommen Ostern, es kommt der Frühling und der unendlich dauernde Sommer – und wenn die Mutter wieder vom heiligen Christe erzählt, daß nun bald sein Festtag sein wird und daß er auch diesmal herabkommen werde, ist es den Kindern, als sei seit seinem letzten Erscheinen eine ewige Zeit vergangen, und als liege die damalige Freude in einer weiten nebelgrauen Ferne zurück. – Kein Fest bleibt so lange in unsern fortrollenden Männerjahren stehen, als das des heiligen Abends,

und keines reicht seinen matten, rührenden Abglanz, wenn es kommt, so hoch in das Alter hinauf, als dieses.

In den hohen Gebirgen unseres Vaterlandes steht ein Dörfchen mit einem kleinen, aber sehr spitzigen Kirchturme, der mit seiner roten Farbe, mit welcher die Schindeln bemalt sind, aus dem Grün vieler Obstbäume hervorragt, und wegen derselben roten Farbe in dem duftigen und blauen Dämmern der Berge weithin ersichtlich ist. Das Dörfchen liegt als Mittelpunkt unzähliger zerstreuter Hütten und Häuser, die auf den Bergen herum hängen, in einem ziemlich weiten Tale, enthält nicht nur die Kirche und Schule für diese Häuser und manche andere, die von dem Tale aus gar nicht sichtbar sind und noch tiefer in den Gebirgen drinnen stecken, sondern es hegt auch noch die wenigen Handwerke in seinem Schoße, die dem menschlichen Geschlechte unentbehrlich sind und die den Gebirgsbewohnern ihren winzigen Bedarf an Kunsterzeugnissen zu decken bestimmt waren. Der größte Herr, den sie im Laufe des Jahres zu sehen bekommen, ist der Pfarrer, gewöhnlich ein einfacher, an Einsamkeit gewöhnter Mann, dessen Rate und Ansehen sie folgen, und von dem man seit dem Laufe von ein paar Jahrhunderten nicht gehört hat, daß er je ein unwürdiges Mitglied seines Standes gewesen sei. Es führt keine Straße durch das Tal, außer den engen Wegen, auf welchen sie mit ihren einspännigen Wägelchen fahren, um die Erzeugnisse der Gegend nach Hause zu bringen, daher auch kein Fuhrmann und kein Fremder von den draußen in der Ebene wohnenden Menschen des Weges hereinkömmt, wenn nicht manchmal ein einsamer Fußreisender eine Weile in der bemalten Oberstube des Wirtshauses wohnt und die Berge ansieht, oder gar ein Maler kömmt und den kleinen spitzen Kirchturm und die schönen Gipfel der Felsen in seine Mappe zeichnet. Daher sind die Bewohner ganz auf sich angewiesen, bilden eine eigene abgeschlossene Welt, kennen einander alle mit Namen und mit der ewigen Geschichte von Großvater und Urgroßvater her; trauern Alle, wenn Einer stirbt; wissen wie er heißt, wenn Einer geboren wird; haben eine eigene Sprache gebildet, die man in der Ebene draußen nicht versteht; haben ihre Gemeindestreitigkeiten, die sie unter einander ernsthaft ausmachen; stehen sich gegenseitig bei, und laufen insbesondere zusammen, wenn sich etwas Außergewöhnliches begibt, das eine Abwechslung in ihre einfache Zeit bringt. Sie sind so stätig, daß es immer beim Alten bleibt, daß, wenn die ganze Ebene draußen mit neuen Gedanken umgewälzt würde, sie es nicht wüßten, und daß, wenn das Dörfchen schon im alten Noricum gestanden wäre, es heute noch so erschiene, wie damals. Dieses geht so weit, daß, wenn ein Stein aus einer Mauer fällt, stets derselbe wieder hineingetan wird, daß ein Dach, welches verfällt, durch lauter Ausbesserungen im vorigen Sinne immer das nämliche bleibt, ja daß, wenn schon einmal Kühe von einer bestimmten Farbe bei einem Hause sind, z. B. rote oder schwarzgefleckte, sie in Ewigkeit so bleiben, weil sie ein Ergänzstück der Familie sind und nur die Kälber dieser Art und Abstammung auferzogen werden. Gegen Mittag von dem Dorfe läuft das Tal zwischen engere Berge hinein, die einen Gebirgssee umschließen, von welchem verschiedene und abenteuerliche Sagen in dem Dorfe herumgehen, und die Fenster der Häuser, die nach dieser Richtung blicken, sehen auch das ganze Jahr hindurch, wenn heitere Luft ist, gleichsam sehr nahe ober sich die weißen glänzenden Hörner eines Schneeberges, der aber dem ungeachtet ziemlich weit entfernt ist. Er ist ebenfalls, als das Auffallendste, was sich ihnen zeigt, der Mittelpunkt vieler Geschichten, und es lebt kein Mann und Greis in dem Dorfe, der nicht von den Zacken und Hörnern des Berges, von seinen Eisspalten und Höhlen, von seinen Wässern und Geröllströmen etwas zu erzählen wüßte, was er entweder selbst erfahren oder von Andern erzählen gehört hatte. Dieser Berg ist auch der Stolz des Dorfes, als hätten sie ihn selber gemacht, und es ist nicht so ganz entschieden, trotz der Biederkeit und Aufrichtigkeit der Bewohner, daß, wenn einer, namentlich ein jüngerer, einen seltenen Fremden trifft, dem er von dem Berge erzählen kann, Alles Wahrheit sei, was er sagt, und er nicht der Ehre des Berges, des merkwürdigsten Kameraden, den sie haben, etwas hinauf lügt. Er gibt ihnen aber auch, außer daß er ihre Seltenheit ist, wirklich Nutzen; denn wenn es geschieht, was doch schon einige Mal der Fall war, daß sich eine Gesellschaft von Gebirgsfreunden zusammen findet, um von dem Tale aus den Berg zu ersteigen, so dienen die Bewohner des Dorfes als Führer, und einmal Führer gewesen sein, dies und jenes erlebt haben, diese und jene Stelle zu kennen, ist die Auszeichnung, die jeder gerne von sich darlegt, wenn sie einmal in der Wirtsstube beisammen sitzen und von Erlebnissen und wundersamen Dingen reden. Außerdem aber sendet er auch von seinen Schneeflächen die Wasser ab, welche den See speisen und den Bach erzeugen, der lustig durch das Tal strömt, ihre Brettersäge, ihre Malmühle und andere kleine Werke treibt, das Dorf reinigt und ihr Vieh tränkt; von den Wäldern des Berges kommt das Holz und sie halten die Lavinen auf; durch die innern Gänge und Lockerseiten der Höhen sinken die Wässer hinab, die dann in Adern durch das Tal liegen und in Brünnlein und Quellen hervorkommen, daraus die Menschen trinken und ihr herrliches, oft belobtes Wasser holen. Allein das Alles wissen sie nicht und meinen, das sei schon immer so gewesen. Im Winter sind die zwei Zacken seines Gipfels, die sie Hörner heißen, schneeweiß und stehen, wenn sie an hellen Tagen sichtbar sind, blendend in der finstern Bläue der Luft; alle Felder, die um diese Gipfel herum lagern, sind dann weiß, alle Abhänge sind so, selbst die senkrechten Wände, die sie Mauern heißen, sind mit einem angeflogenen weißen Reife bedeckt, und mit zartem Eise wie mit einem Firnisse belegt, so daß die ganze Masse wie ein Zauberpalast aus dem bereiften Grau der Wälderlast emporragt, welche schwer um ihre Füße herum ausgebreitet ist. Im Sommer, wo Sonne und warmer Wind den Schnee von den Steilseiten wegnehmen, ragen die Hörner nach ihrem Ausdrucke schwarz in den Himmel und haben nur schöne weiße Äderchen und Sprenkeln auf ihrem Rücken, in der Tat aber sind sie zart fernblau, und was sie Äderchen und Sprenkeln heißen, sind nicht weiß, sondern haben das schöne Milchblau des fernen Schnees gegen das dunklere der Felsen. Die Felder um die Hörner aber, wenn es recht heiß wird, verlieren zwar nicht an ihren oberen Teilen den Firn, der gerade recht weiß auf das Grün der Talbäume herabsieht, wohl aber den weiter unten gelegenen Winterschnee, der nur einen Flaum machte, und das unbestimmte Geschiller von Bläulich und Grünlich, das dann am untern Rande der Felder sichtbar wird, ist das Geschiebe des Eises, das nun bloß liegt und auf die Bewohner unten hinabgrüßt. In der Nähe sind es wilde, riesenhafte Blöcke und Platten, Urtrümmer und Auswaschungen, die verwirrt in einander geschoben starren, was von ferne ein mit Edelsteinsplittern funkelnder Saum ist. In sehr heißen und sehr langen Sommern liegen die verschiedenen Eisfelder weit hinauf entblößt, und dann schaut das Grün und Blau alle Tage in das Tal, manche Kuppen und Räume werden entkleidet, die man sonst nur weiß erblickt hatte, der schmutzige Saum des Eises wird sichtbar, wo es zerdrückte Felsen, Schlamm und Baumstämme schiebt, reichliche Wässer fließen in das Tal hinab, bis endlich im Herbste nach und nach das Wasser wieder weniger wird, einmal ein grauer Landregen die ganze Ebene des Tales bedeckt, worauf, wenn sich die Nebel von den Höhen wieder lösen, der Berg seine weiche Hülle abermals umgetan hat und auf allen Felsen und Kogeln die weißen, dichten Hauben sitzen. So spinnt es sich ein Jahr um das andere mit geringen Abwechslungen, die aber die Bewohner wohl bemerken und große heißen, fort, und wird sich spinnen, so lange unser Weltball seine jetzigen Verhältnisse behält und auf seinen Höhen Schnee, in den Tälern aber Menschen hegt. – Außer diesem Berge stehen auch noch andere gegen die Mittagsseite des Dorfes hin, aber keiner ist so hoch, und wenn sie sich auch zeitlich im Herbste mit Schnee bedecken und ihn bis tief in den Frühling hinein behalten, so geht er doch im Sommer wieder hinweg, die Felsen glänzen freundlich im Sonnenschein und die tiefer gelegenen Wälder zeigen ihr schillerndes Grün oder die breiten, tiefen, blauen Schatten, die so schön sind. Von den andern Seiten des Tales, nämlich von Mitternacht, Morgen und Abend, sind die Berge langgestreckter und niederer, manche Felder und Wiesen steigen ziemlich hoch auf sie hinauf, noch weiter oben sieht man auf verschiedenen Waldblößen Alpenhütten glänzen, bis sie ganz oben sich mit ihrem feingezackten Waldrande von dem Himmel schneiden, was eben ein Beweis ihrer Niedrigkeit ist, da die südlichen Höhen, obwohl sie noch großartigere Wälder hegen, doch mit dem hocherhabenen ganz glatten Rande den glänzenden Sommerhimmel streichen. – Wenn man mitten in dem Tale steht, so hat man das Gefühl, als ginge nirgends ein Weg in dieses Becken herein oder hinaus, allein diejenigen, welche öfter im Gebirge gewesen sind, kennen diese Täuschung gar wohl; in der Tat führen nicht nur verschiedene Wege, sogar manche fast eben durch die Verschiebungen der Berge und durch die Talkrümmen, in die nördlichen Ebenen hinaus, sondern gegen Mittag, wo das Tal durch senkrechte Mauern völlig verschlossen scheint, geht dennoch ein Weg nahe bei dem Schneeberge über einen mäßig hohen Rücken, den sie Hals heißen, in ein anderes, weiteres, blühenderes Tal, das man hier gar nicht vermutet hätte, hinüber, an dessen Eingange ein Marktflecken liegt, der bedeutend groß ist, verschiedene Werke hegt und mitunter in manchen Häusern fast städtische Nahrung treibt. Die Bewohner sind viel wohlhabender, als die in Gschaid – so heißt unser Dörflein – aber, obwohl nur drei schwache Wegstunden hinüberführen, was für die an große Entfernungen gewöhnten und Mühseligkeiten liebenden Gebirgsbewohner eine unbedeutende Kleinigkeit wäre, so herrscht doch in den Sitten und Gewohnheiten, ja sogar in dem äußern Anblicke beider Täler eine solche Verschiedenheit, als ob sie eine sehr große Anzahl Meilen von einander entfernt wären. Das ist in Gebirgen sehr oft so, und hängt nicht nur von der verschiedenen Lage der Täler gegen die Sonne ab, die sie oft mehr oder weniger begünstigt, sondern auch von dem Geiste der Bewohner, die durch gewisse Beschäftigungen ernährt an der Scholle Landes kleben, an Herkömmlichkeiten und Väterweise hängen, jeden Verkehr und Handel bei ihren einfachen Bedürfnissen leicht entbehren können, ihr Tal und darin ihren Fleck Landes außerordentlich lieben und ein gebrochenes Herz bekämen, wenn sie wo anders leben sollten. Es vergehen oft viele Jahre, ehe ein Bewohner von Gschaid in das Tal hinüberkommt, den großen Marktflecken – der Millsdorf heißt – besucht. Die Millsdorfer halten es eben so, obwohl sie ihrerseits doch einigen, wenn auch sehr unbedeutenden Verkehr mit dem Lande draußen pflegen, und daher nicht so abgeschieden sind, wie die Gschaider. Es geht sogar ein Weg, der beinahe eine Straße wäre, längs des Tales, und mancher Reisende und mancher Wanderer geht hindurch, ohne nur im Geringsten zu ahnen, daß mitternachtwärts seines Weges, an der Seite des hohen herabblickenden Schneeberges noch ein Tal ist, in dem sehr viele Häuser zerstreut sind, das sogar ein Dorf hat, eine Kirche und einen spitzigen Kirchturm, den die Bewohner so lieben, wenn sie ihn wo immer her von einem ihrer Berge aus erblicken.

In dem Dörflein Gschaid ist unter denjenigen, von denen wir oben sagten, daß sie die wenigen Kunsterzeugnisse besorgen, die die Bewohner brauchen, auch ein Schuster, einer der notwendigsten Handwerker, der einzige dieses Geschäftes in dem ganzen Tale, wenn man den kleinen Tobias ausnimmt, der an der äußersten Ecke des Dorfes zur Sommerszeit unter Hollunderbüschen sitzt und arbeitet, aber jetzt nichts mehr als flickt, weil er uralt ist und schneeweiße Haare hat, daher eine Sammlung der verschiedensten meist alten grauen kotigen und durchweg verletzten Schuhe und Bundschuhe um ihn herum liegt; denn Stiefel mit langen Röh-

ren werden in dem Tale kaum einige getragen, und diese gehören bloß dem Pfarrer und Schullehrer an, welche hinwieder gerade die einzigen sind, die keine Kundschaft für den kleinen Tobias abgeben, sondern beides bei Einem machen lassen, neue Arbeit und flicken. Das Haus des noch die ganze Fülle seines Handwerkes ausübenden Schusters ist nicht weit von der Kirche, wo überhaupt die besseren stehen, und ist auf der linken Seite vom Pfarrhause hinab das fünfte. Die Hauptstube schaut mit drei Fenstern, welche grün angestrichene Fensterläden haben, auf den Platz hinaus, dann ist noch eine kleine Nebenstube mit zwei Fenstern, das Schlafgemach, dann ist ein Schwibbogen, der eine Art Einfahrt bildet, und sodann ist noch ein Stübchen mit zwei Fenstern, das den Endzweck hat, dem jedesmaligen Besitzer, wenn er seinem Sohne übergibt, als Ausnahmstübchen zu dienen, wo er seine alten Tage zubringen kann, bis er und sein Weib absterben, worauf das Stübchen wieder leer steht, und auf den nächsten Bewohner wartet. Alles dieses schaut auf den Platz hinaus. Unter dem breit auseinander gehenden Dache ist noch eine Stube, deren zwei Fenster ebenfalls beständig auf die vier Linden sehen, die auf dem Platze sind, die sogenannte Oberstube, die fast in keinem einzigen Gebirgshause fehlt, das ein Haus für sich und nicht etwa eine Sölle, das ist, ein Nebenhäuschen oder eine Hütte ist, und in der die Prunksachen des Hauses, als da sind: die schönen Kleider, das etwaige Geschirr, die Jagd- und Scheibenbüchsen, verehrte Heiligenbilder, gewonnene Beste, Hirschgeweihe, und in einem Kasten das vielleicht ersparte Geld aufbewahrt werden. Nach rückwärts hat das Haus noch einige luftige Hoffenster, die nächst der Wohnstube einem paar Stübchen angehören, dann hat es Stallung und Scheune, denn jeder Handwerker in Gschaid ist auch Talbauer, und geht endlich in einen Garten zurück, wo das Obst, die Gemüse und die wenigen Blumen stehen, die der Gebirgsbewohner am Sonntage in die Kirche braucht. In seiner Jugend ist der Schuster ein Gemsedieb gewesen und hat überhaupt nicht gut getan. Statt, wie es sich für einen Gewerbsmann ziemt, und wie sein Vater Zeit Lebens trug, einen schwarzen Hut zu haben, tat er einen grünen auf, steckte noch alle erdenklichen Federn und Haare auf denselben und stolzierte mit ihm und dem kürzesten grauen Lodenrocke, den es gab, herum, während sein Vater immer einen von dunkler, wo möglich, schwarzer Farbe hatte, der, weil er ein Handwerker, also ein halber Bürger war, immer weit herabgeschnitten sein mußte. Auf allen Tanzplätzen, Kegelbahnen und Schießstätten war der junge Schuster zu sehen – und wenn ihm Jemand eine gute Lehre gab, so lachte er ihm ins Angesicht und ging mit seiner Büchse ins Gebirge, während er dazu ein gangbares Liedlein pfiff. Er soll auch ein paar sehr ernsthafte Raufereien mit Jägern gehabt haben. Aber eine Zeit, nachdem sein Vater und seine Mutter gestorben waren, besserte er sich, und so wie er früher geschwärmt hatte, saß er jetzt in der Stube, und hämmerte Tag und Nacht auf seinen Sohlen. Er machte die prächtigsten Schuhe und Stiefel und hatte in Kurzem das ganze Tal und alle Nachbarn der Berge zu Kundschaften. Er richtete sich das Haus so zu, wie es jetzt ist, ließ es aufputzen und die Laden grün anstreichen. Sonntag Vormittags, wenn Alles in die Kirche kam, und gerne auf dem Platze, wo die vier Linden um den heiligen Johannes stehen, verweilte und sich besprach, tat er den einen Balken seines Fensters ganz auf und auf dem Brette standen in der Ordnung die glänzendsten

Schuhe und andere Erzeugnisse, was von den Leuten bestellt war, und was er auf den Kauf gearbeitet hatte. Eine besondere Vorliebe bewies er noch immer für die Gebirgsbundschuhe, die zum Steigen bestimmt sind. Sie hatten einen ganzen Sternenhimmel schimmernder Nägel, die unverwüstlich waren, hatten Sohlen, durch die kein Geröllstein, wie scharf er war, empfunden wurde, und legten sich weich und zärtlich, wie ein Handschuh, um den Fuß. Er hatte die Tochter des Färbers zu Millsdorf, Susanna, geheiratet, zu der er schon lange über das Gebirge gegangen war, und die ihm der Vater Anfangs nicht geben wollte, durch Vermittlung der Mutter aber doch endlich überließ. Wir haben eben gesagt, daß nicht oft ein Bewohner des einen Tales in das andere hinüber kömmt, und daß keiner gerne seinen Fleck Landes auf immer verläßt – hievon machen Weiber manchmal eine Ausnahme, sie können es durch die Liebe, und ihr zu Folge geht zuweilen eine gern über den Berg und über das Tal; es ist aber fast nie geschehen, daß ein Mann in eine andere Gegend hinüber geheiratet hatte. Weil es aber auch ziemlich unerhört ist, daß im Gschaider Tale sich eine Fremde angesiedelt hätte, indem sie immer nur unter einander heiraten, so wurde die junge Schustersfrau auf alle Zeit hin gleichsam wie eine Ausländerin betrachtet, insbesondere, da sie als die Tochter des wohlhabenden Färbers zu Millsdorf stets etwas besser und anders gekleidet ging als die Übrigen. Sie hatte ihm einen Sohn und erst

nach einigen Jahren ein Töchterlein geboren. Sie glaubte aber, daß er die Kinder nicht so liebe, wie sie sich meistens vorgespiegelt hatte; denn sein schönes Angesicht war meistens ernsthaft und erheiterte sich nur, wenn er von seinem Geschäfte sprach, das sein Stolz war, und in seinem Buche las, wo er aufgeschrieben hatte, was er bis jetzt hervorgebracht habe, und die Zahlen schon in die mehren Tausende gingen – es wurde blitzend, wenn er in der Wirtsstube aufforderte, wo einer sei, der einen Schuh machen könne, wie er, oder der einen Gebirgsstiefel erzeugen könne, der nur einige Klaftern gegen den seinigen reiche. Daher hing die Mutter sehr an ihren Kindern, sie hegte und pflegte dieselben, und wenn sie sie liebkoste, so ging auch ein wehmütiger Teil ihres Herzens jenseits des Gebirges hinüber zu der eigenen Mutter, die sie verlassen hatte, zu der Großmutter der Kinder, die die Kleinen sehr liebte, und mit weichherziger Sehnsucht nach ihnen verlangte. Daher machte sich auch etwas anders, nämlich, daß die zwei Kinder die einzigen waren, welche den Weg über den Hals hinüber ins Millsdorfer Tal öfter zurücklegten als alle andern Bewohner, und daß sie daher gleichsam noch immer halbe Fremde und Ausländer in Gschaid waren, die zum Teile hinüber gehörten. So lange sie sich noch in gar zartem Alter befanden, wurden sie eingemummt, und einer Magd mitgegeben, die sie auf einem schlechten Fuhrwerke hinüber sandte, einigemale ging sie selbst mit, und in den ersten Zeiten ereignete es sich auch regelmäßig einmal im Jahre, daß die alte Färberin aus Millsdorf in einem ziemlich vornehmen Fuhrwerke in Gschaid ankam, ihre Enkel zu besuchen und ihnen Geschenke zu bringen. Später unterblieb dieses, weil ihr Mann, der dem ganzen Verhältnisse ohnedies stets gram gewesen war, es nicht mehr zuließ. Als der Knabe etwas herangewachsen war, und von der obengenannten Magd den Weg hinlänglich kennen gelernt hatte, schickte ihn die Mutter allein hinüber, und da endlich das Mädchen auch groß genug geworden war und gut gehen konnte, ließ sie dasselbe mit, weil es der Knabe gar so sehr liebte und immer mitverlangte. Der Vater, welcher seine Kinder sehr abgehärtet erzog und namentlich darauf drang, daß ihnen größere Entfernungen sehr geläufig wurden, gewährte es gerne. Die Färberswohnung lag am äußersten Ende des Marktfleckens gegen Gschaid zu, sie lag ganz abgesondert an dem Bache, der ihre Werke trieb, die zum Teile dazu gehörten, wie die Mange, die Presse, zum Teile selbstständig waren, wie ein Lohstampf und eine Walkmühle, denn der Färber war ein tätiger und unternehmender Mann, der aus seinen Angelegenheiten gerne Alles herauszog, was herauszuziehen war, und nicht leiden konnte, wenn eine Minute entweder bei ihm oder bei andern ohne Arbeit vorüber streichen mußte. An der hintern Seite des Hauses hatte das Dach einen Vorsprung, unter dem die Stangen waren, an denen bei schönem Wetter oft die langen schlanken Streifen von Stoff herabhingen, die trocknen mußten, von weiten zu sehen waren und in dem Luftzuge manchmal seltsam schlängelten und närrische Gesichter schnitten. Da sah man nun oft, wenn heiteres Wetter war, die Kinder von der Anhöhe herunter kommen, das rote Leibchen Sannas, so hieß das Mädchen, wie die Mutter, und ihr weißes Tüchlein leuchteten von weitem, und waren zu erkennen. – Konrad, der schon des Vaters ernstes Wesen hatte, ging neben ihr und zeigte ihr Häuser in Millsdorf, von denen er schon wußte, wem sie gehörten. Dann bogen sie um die Feldecke herum, und gingen hinten in den einsamen Garten der Färberei hinein, wo die Großmutter schon auf sie wartete. Diese führte sie dann durch die Waschstube und die Presse in die Zimmer vorwärts, lüftete ihnen die Halstücher, ließ sie niedersetzen und gab ihnen zu essen, wie sie es zu Hause nicht hatten. Dann wurden sie in den Räumen des großväterlichen Hauses herum gelassen, wie sie wollten, und ehe die Zeit kam, zum Aufbruche getrieben. Beim Fortgehen band ihnen die Großmutter ein paar Bündelchen zusammen und packte hinein, was sie glaubte, das zu Hause notwendig sein oder Nutzen bringen könnte – und so geschah es nicht selten, daß die Kinder am heiligen Abende in Schachteln gut versiegelt und verwahrt unwissend schon die Geschenke nach Hause trugen, die ihnen dann Abends einbeschert werden sollten. Der Färber, wenn er in seinen Beschäftigungen einmal durch das Zimmer kam, redete mit den Kindern, und fragte sie hinsichtlich ihrer Schulgegenstände aus, aber er schenkte ihnen nie etwas; denn obwohl er nur die einzige Tochter hatte und einmal Alles an sie fallen mußte, gab er doch jetzt nicht die kleinste Kleinigkeit weg, weil Alles zur Gedeihung und Führung seines Geschäftes, das seine Freude war, als Grundstück dienen und mitarbeiten mußte. Er hatte außer den obenbenannten Gegenständen, die an seinem Hause waren, noch den best gepflegten Garten des Ortes, der sein einzeln stehendes Haus umfing, daran stießen gute Wiesen und zerstreut unter den andern Besitzungen der Bürger hatte er seine hinlänglich tragbaren Felder, die er durch Handel und Tausch abzurunden strebte, daß sie die Scheuer und Ställe umschlössen, die jenseits der Gartenhecke am Saume der Wiesen standen. Manchmal saßen die Kinder, weil sie von der Großmutter aus Vorsicht immer vor der Zeit fortgeschoben wurden, auf dem Rückwege am Haselnußgehege, das auf dem Halse ist, und schlugen mit Steinen Nüsse auf, wenn eben reife waren, oder spielten mit Blättern oder mit den weichen braunen Zäpfchen, die im ersten Frühjahre von den Zweigen herab fielen. Manchmal erzählte ihr der Bruder Geschichten, und wenn sie an der roten Martersäule vorbei gingen, wo der Weg seitwärts gegen die Anhöhen zu und gegen den Schnee hinauf führte, sagte er ihr, wie hier vor alten Zeiten einmal ein Bäcker, der mit Semmeln über das Gebirge gehen wollte, von dem jähen Tode betroffen und auf seinem Korbe liegend gefunden worden ist. Manchmal führte er sie auf den Berg hinauf, wo schon die Felsen starren, seltsame Gesträuche sind, und die Rosen sich in allerlei Windungen hinum und hinab schlingen, aber immer brachte er sie wieder vor der Dämmerung nach Hause, als hätte er von seinem Vater den Instinkt des Bergsteigens und die feine Empfindung der Zeit geerbt. Die Gschaider profezeiten unausgesetzt, die Kinder würden einmal ein Unglück haben, aber sie gingen hin und sie gingen her und hatten keines.

Einmal am heiligen Abende, da sich kaum die erste Morgendämmerung über dem Tale von Gschaid verzogen hatte, und der Helle des Tages Platz machte, wenn man das eine Helle nennen konnte, wenn an einem der kürzesten Wintertage ein dünner trockener Schleier über den ganzen Himmel steht, und die ohnedies ferne und schiefe Sonne noch dämmeriger macht, und nur als einen roten trüben Fleck an den südlichen Himmel hinstellt – da an diesem Tage ferner eine laulichte beinahe milde Luft fest und unbeweglich durch das ganze Firmament stand, zog die Schustersfrau ihre Kinder vorsorglich an – das heißt, sie zog das Mädchen mit dichten gut verwahrenden Kleidern an; denn der Knabe hatte sich selber angekleidet und stand schon ganz fertig da – und als sie dieses Geschäft vollendet hatte, sagte sie:

»Konrad, gib wohl acht, weil ich dir das Mädchen mitgehen lasse, weil du sie so verlangst, müsset ihr zeitlich fortgehen, ihr müsset an keinem Platze unnötig stehen bleiben, und wenn ihr bei der Großmutter gegessen habt, so müsset ihr gleich wieder umkehren und nach Hause trachten, denn die Tage sind jetzt sehr kurz und die Sonne geht gar bald unter.«

»Ich weiß es schon, Mutter«, sagte der Knabe.

»Und siehe gut auf Sanna, daß sie nicht fällt oder sich erhitzt.«

»Ja, Mutter«, antwortete der Knabe, indem er eine von seinem Vater kunstreich aus Kalbfellen genähte Tasche an einem Riemen um die Schulter warf, und die Kinder hüpften fröhlich auf die Gasse hinaus.

Der Vater war indessen in der Gewerkstube daneben gestanden, und hatte mit einer Kundschaft über die Schuhe geredet, die auf den heutigen Tag fertig werden mußten, und die er eben eingehändigt hatte.

Die Kinder gingen schleunig auf dem Platze hinab, und durch die Gasse neben den Planken der Obstgärten ins Freie hinaus. Die Sonne war eben über den dunkeln mit milchigen Wolkenstreifen durchwobenen Wald der Kulmhöhen aufgegangen, und ihr trübes, rötliches Bild schritt durch die laublosen Zweige der Holzäpfelbäume mit ihnen fort. Im Tale war noch kein Schnee, die größeren Höhen, von denen er schon viele Wochen herabgeglänzt hatte, waren durch den obbenannten trockenen Duft, der den ganzen Himmel einnahm, verschleiert und unsichtbar, die kleineren standen in dem Mattblau ihrer Tannenwälder und im Fahlrot ihrer entblößten Zweige unbeschneit und ruhig da. Der Boden war noch nicht gefroren, und durch die lange vorhergegangene regenlose Zeit zwar nicht trokken, sondern, wie im spätesten Herbst gewöhnlich, mit einer zarten Feuchtigkeit überzogen; aber fest und widerprallend, daß sich leicht und geringfertig darauf gehen ließ. Das gar wenige Gras, welches auf den Wiesen und vorzüglich an den Wassergräben derselben empor stand, war mit keinem Reife, ja bei genauerem Besehen nicht einmal mit einem

Taue bedeckt, was häufig nach der Meinung der Landleute baldigen Regen bedeutet.

Die Kinder gingen durch die kürzeren Fußsteige der Hofmarken, die sie schon recht wohl wußten, hindurch, sie gingen über den hohen Steg, der über den Gebirgsbach und sein Gerölle führt, und gingen jenseits gegen die dichteren Waldungen und gegen das Gebirge hinan. Im Bache war sehr wenig Wasser gewesen, ein dünner Faden von sehr stark blauer Farbe ging durch die trockenen Kiesel des Gerölles, die wegen Regenlosigkeit ganz weiß geworden waren, hindurch, und sowohl die Wenigkeit als auch die Farbe des Wassers zeigten an, daß in größeren Höhen schon starke Kälte herrschen müsse, die den Boden verschließe, daß er es nicht färbe und das Eis erhärte, daß es nur in seinem Innern wenige und ganz reine und klare Tropfen abgeben könne.

Als die Kinder schon in die höheren Wälder des Halses hinaufgekommen waren, zeigten sich die langen Furchen des Fahrweges nicht mehr weich, wie es unten im Tale der Fall gewesen war, sondern sie waren fest und an teilweisen Stellen ihrer Oberfläche schon zum Tragen überfroren. Die Kinder merkten es bald und statt auf dem glatten Pfadlein neben dem Fahrwege zu gehen, stiegen sie in die Gleise und versuchten, ob sie die Erhöhungen trügen. Dies war nun zum Teile der Fall, aber nach einer Stunde, als sie noch höher gekommen, und auf der Schneide des Halses angelangt waren, war der

Boden bereits ganz hart und die Schollen gefroren, daß sie klangen.

An der roten Martersäule bemerkte Sanne zuerst, daß sie heute gar nicht stehe – sie gingen zu dem Platze hinzu und sahen, daß der kurze runde, rot angestrichene Balken, der oben ein Bild trug, auf dem der Tod des unglücklichen Bäckers abgebildet und in dazu gemalten Worten zu lesen war, in dem dürren Grase liege, das wie dünnes Stroh an dem Raine dahin lief. Sie wußten nicht, ist er umgeworfen worden, oder ist er von selber umgefallen. Das sahen sie wohl, daß er an der Stelle, wo er in die Erde ragte, sehr morsch war, und leicht gebrochen sein könne, obwohl er außen noch recht schön rot, oder nur in neuer Zeit wieder recht schön rot angestrichen worden war.

Nachdem sie eine Weile das Bild, die Erzählung des Todes und die Bitte um ein Gebet in der Nähe betrachtet hatten, was sie sonst immer nur von oben herab glänzend hatten erblicken können, gingen sie ihres Weges wieder weiter.

Abermal nach einer Stunde wichen die dunklen Wälder zu beiden Seiten zurück, dünn stehende Bäume, teils einzelne Eichen, teils Birken und Gebüschgruppen empfingen sie und sie liefen zwischen ihnen auf den Wiesen in das Millsdorfer Tal hinab. Obwohl dieses Tal bedeutend tiefer liegt als das Gschaider, und sonst auch viel wärmere Verhältnisse seiner Lage hat, so war sein Boden doch auch schon gefroren, und auf dem Wege neben den

Rädern des Großvaters, wo dieselben manchmal mehre Wassertropfen hinausspritzen, lagen schon einige kleine glänzende Eistäfelchen. Kindern ist gewöhnlich das eine große Freude. Die Großmutter nahm Sanne bei den roten erfrorenen Händchen und führte sie hinein. Sie durften sich nicht lange aufhalten, sondern nachdem sie um Alles ausgefragt worden waren, wie es zu Hause gehe, was die Mutter mache, ob sie gesund sei, ob sie im Herübergehen recht viel Frost ausgestanden haben, was sie essen möchten – nachdem ihnen dieses Essen gegeben worden war – und nachdem die Großmutter wieder nach ihrer Weise Bündelchen zusammen gerichtet hatte, sagte sie: »Jetzt, Kinder geht, habe Acht Sanne, daß du dir nicht die Hände erfrierst, erhitze dich nicht, lauft nicht durch die Bäume hinauf, der Tag ist jetzt recht kurz, ihr müßt gleich fortgehen. Da hast du noch einen gebrannten Kaffee für die Mutter, Konrad – warte, ich habe auch einen schwarzen, er ist eine wahre Essenz, sie darf schon Wasser darunter geben, sag ihr das Konrad, – hier in dein Lederränzchen kannst du gewiß noch das Fläschchen hinein bringen – er ist in den kalten Wintertagen, die jetzt kommen, sehr gut, ein Schlückchen wärmt den Magen so, daß den ganzen Körper nicht frieren kann. Hast du denn aber gar keine Handschuhe Sanne – warte, von der Mutter werden noch ein paar da sein, als sie klein war, ich werde sie dir mitgeben, lege sie oben auf der Höhe an, wenn es kalt ist, etwa hebt sich auch ein Wind – – so, jetzt geht, Gott segne euch, grüßet die Mutter recht schön und sagt, daß sie Alle sehr glückliche Feiertage begehen sollen. Verliere nichts, Konrad.«

»Nein, Großmutter, ich verliere nichts«, antwortete der Knabe, und sie gingen wieder neben den Rädern des Großvaters und den schönen Eistäfelchen hinaus, und gegen die Höhe der einzelnen Bäume hinan.

Als sie gegen die letzten Birken gekommen waren, wo der Weg sich herum schwingt und gegen das dichtere Buschwerk hinauf geht, fielen äußerst langsam einzelne Schneeflocken.

»Siehst du, Sanna«, sagte der Knabe, »ich habe es gleich gedacht, daß wir Schnee bekommen – weißt du, da wir vom Hause weggingen, sahen wir noch die Sonne, die so blutrot war, und jetzt ist nichts mehr von ihr zu erblicken, und nur der graue Nebel ist über den Baumwipfeln oben.«

Die Kinder gingen freudiger fort, und Sanna war recht froh, wenn sie mit dem dunkeln Ärmel ihres Röckchens eine der fallenden Flocken auffangen konnte, und wenn dieselbe recht lange nicht zerfloß. Da sie endlich an dem äußersten Rande der Millsdorfer Wiesen angelangt waren, wo es gegen die dunklen Tannen des Halses hinein geht, war die dichte Waldwand schon recht lieblich gesprenkelt von den herabfallenden Flocken des Schnees. Sie gingen nunmehr in den dicken Wald hinein, der den größten Teil ihrer noch bevorstehenden Wanderung einnahm. Wenn man von dem Wiesenrande der Millsdorfer Höhe gegen den Waldgrund hineinsieht, meint man, es gehe nur bergab, – dies rührt aber nur von dicht stehenden Nadelbäumen her, welche ihr Dunkel auf den Boden werfen, und ihn viel tiefer erscheinen lassen, als er ist; denn in der Tat geht es noch immer bergauf. Der Lehm des Weges war jetzt so gefroren, daß er wie scharfe Kieselsteine in die kleinen Stiefelchen hineinschnitt.

Sie gingen auf den Schollen fort und weil der Weg, der nur gelegentlich zum Holzfahren benützt wurde, zu steil emporklömme, wenn er senkrecht gegen die Axe des Berges liefe, steigt er in langgestreckten Windungen an seiner Seite hinan, bis er die Schneide des Halses erreicht, wo die rote oft berührte sogenannte Martersäule des toten Bäckers steht, dort senkt er sich und läuft nicht mehr gewunden, sondern, weil der nördliche Abhang viel sanfter ist als der südliche, in einer einzigen fast geraden, wenn auch viel längeren Linie fort, bis er das Gschaider Tal erreicht. Überall an seiner Seite sind hohe dichte ungelichtete Waldbestände, und wo diese aufhören, beginnen bereits die Gründe von Gschaid, und es stehen Häuser zerstreut, die zu dem Tale gehören. Wenn der Hals auch, wie alle Gebirge seines Namens nur eine kleine Ader zwischen zwei höheren Gebirgshäuptern ist, so würde er doch, in die Ebene gelegt, einen großen, tüchtigen, weit aufragenden Rücken abgeben.

Das erste, was die Kinder sahen, als sie den Waldweg betraten, war, daß der gefrorne Boden sich grau zeigte, wie wenn er mit Mehl besät wäre, daß die Fahne manches dünnen Halmes des am Wege hin und zwischen den Bäumen stehenden dürren Grases mit Flocken beschwert war, daß er sich beugte, und daß auf den verschiedenen wie Hände geöffneten grünen Zweigen der Tannen und Fichten weiße Fläumchen saßen.

»Schneit es denn jetzt auch bei dem Vater zu Hause?« fragte Sanna den Bruder.

»Freilich«, antwortete er, »es wird auch kälter, und du wirst sehen, daß morgen die ganze Schwemme gefroren ist.«

»Ja, Konrad«, sagte das Mädchen, und verdoppelte seine kleinen Schritte, daß sie mit denen des dahin schreitenden Knaben das Gleichgewicht halten konnten.

Sie gingen nun immer bergan fort, und gingen wegen der Windungen, von denen wir oben sagten, bald von Aufgang gegen Untergang, bald von Untergang gegen Aufgang. Der von der Großmutter profezeite Wind stellte sich nicht ein, im Gegenteile war es so stille, daß sich nicht ein Ästchen oder ein Zweig rührte, ja sogar, es schien im Walde wärmer, wie es in lockeren Körpern, dergleichen ein Wald auch ist, allezeit zu sein pflegt, und die Schneeflocken fielen immer reichlicher, so daß der ganze Boden schon weiß war, daß der Wald sich grau zu bestäuben anfing, und daß auf dem Hute und den Kleidern des Knaben der Schnee lag. Die Freude der Kinder war sehr groß. Sie traten auf den weichen Flaum, suchten mit dem Fuße absichtlich solche Stellen, wo er dichter zu liegen schien, damit es aussähe, als wateten sie, und was sich auf ihren Kleidern sammelte, schüttelten sie nicht herab. Die ganze Natur war in Ruhe, von den Vögeln, deren doch manche zuweilen auch im Winter in dem Walde hin und her fliegen, war kein einziger zu vernehmen, als wäre er gar nicht da – die andere Wesenheit wartete gleichsam auf das Ereignis, das über sie herabkommen sollte.

Die Kinder waren wahrscheinlich die einzigen, die heute durch den Wald gingen, und in der Stille, die herrschte, konnten sie das Knistern des in die Nadeln herabfallenden Schnees vernehmen, der bereits so dicht fiel, daß bloß noch die allernächsten Bäume mit den Augen wahrgenommen werden konnten.

Sie gingen fleißig und unverdrossen bergan, und hatten jetzt nicht mehr nötig, mit den Stiefelchen den Schnee zu suchen, sondern sie fühlten ihn schon überall weich unter ihren Sohlen, und empfanden kaum die Härte des gefrornen Weges, der sich nicht mehr mit seinen Gleisen, sondern als nasser in den Wald laufender Streifen kundtat. Endlich wurde, was sich leise vorbereitet hatte, so stark, daß auch nicht mehr die nächsten Bäume zu erkennen waren, sondern daß sie wie neblige Säcke in der Luft standen.

Sanna klammerte sich mit ihren Händchen an den Riemen, mit welchem Konrad die Kalbfelltasche um die Schulter gehangen hatte, an, und sie fuhren fort, ihren bergigen Pfad hinauf zu steigen.

Man weiß es nicht, wie lange sie so fort gegangen waren, weil Kinder die Zeit nicht messen, sondern, wenn sie einmal einen Weg zurückzulegen haben, nur immer so auf demselben fortgehen.

Da fragte Sanna zuerst ihren Bruder: »Kommen wir bald nach Hause?«

»Ich weiß es nicht«, antwortete er.

»Ich sehe aber keine Bäume mehr.«

»Die Bäume sehen wir nicht wegen des Schnees, auch müssen wir ja eher zu der roten Martersäule kommen; aber die sehen wir auch heute nicht, weil sie umgefallen ist und jetzt schon verschneit sein wird.«

Mit dieser Auskunft war das Mädchen zufrieden, und sie gingen wiederholt ihren ziemlich steil werdenden Pfad hinan. Die hinter ihnen liegenden Fußstapfchen, die sie gemacht hatten, wurden nach kurzem Raume schon unkenntlich und unsichtbar wegen der unendlichen Fülle des herabfallenden Schnees, der nun auch nicht mehr in seinem Falle knisterte, sondern sich eilig und heimlich auf die weiße schon da liegende Decke niederlegte. Sie duckten sich mit ihren Köpfen dichter auf die Schultern, nahmen ihre Kleider fester an den Hals, um das immerwährende allseitige Hineinrieseln abzuhalten, und wandelten unablässig weiter.

Nach einer sehr langen Zeit sagte Konrad: »Sanna, ich sehe jetzt wirklich auch keine Bäume mehr, wir müssen aus dem Walde gekommen sein – auch geht der Weg immer hinan, aber es tut nichts, ich führe dich auf den Berg und von dort herunter.«

»Ja Konrad«, sagte das Mädchen.

Er nahm sie bei der Hand und sie wanderten weiter – immer bergan. Sie sahen jetzt durch trüben Raum in den Himmel. Wie bei dem Hagel über die weißen oder grünlich gedunsenen Wolken die finsteren gefransten Streifen starren, so hing es hier über und das stumme Schütten dauerte fort. Konrad hatte seinen Hut abgenommen, hatte ihn Sanna auf das Haupt gesetzt, und mit dem Bändchen unter dem Kinne befestigt, denn ihr dünnes Tüchlein, welches sie auf den Scheitel gebunden hatte, schützte sie zu wenig und auf seinem Haupte waren eine solche Menge dichter Locken, daß noch so viel Schnee darauffallen konnte, ohne daß seine Nässe oder Kälte auf die Haut einzudringen vermochte. Endlich zog er auch sein Pelzjäckchen aus, das er an hatte, und zog dasselbe dafür über die Ärmlein der Schwester, die ebenfalls von keinem so warmhaltenden Zeuge waren, als sie bedurfte. Auf seine Schultern, die nun das bloße Hemd zeigten, band er das Tuch, welches die Mutter Sanna zur Erwärmung umgetan hatte, und das er nun doch nicht als hinlänglich für sie erachtete. Für ihn, dachte er, mache das nichts, wenn er nur stark auftrete, werde ihn nicht frieren. Es war nun gut und sie gingen weiter. Er hatte sie noch immer bei der Hand und zog sie mit sich fort. Sie schaute mit den willigen Äuglein in das ringsum herrschende Grau und folgte ihm gerne, nur daß sie mit den kleinen eilenden Füßlein nicht so nachkommen konnte, wie er mit den weiten Schritten vorwärts strebte, wie einer, der es zur Entscheidung bringen wollte.

»Wenn ich nur mit diesen meinen Augen etwas zu erblicken im Stande wäre, daß ich mich darnach richten könnte«, sagte er.

Aber es war rings um sie nichts als das blendende Weiß – und überall das Weiß, das in dem Umfange eines nicht großen Kreises in einen lichten, streifenweise niederfallenden Nebel überging, der jedes Weitere verzehrte und verhüllte, und der zuletzt nichts Anderes war, als der unersättlich niederfallende Schnee.

»Warte Sanna«, sagte er, »wir wollen ein wenig stehen bleiben und horchen, ob wir nicht etwas hören können, was sich im Tale meldet, sei es nun ein Hund, oder eine Glocke, oder die Mühle, oder sei es ein Ruf, der sich hören läßt – hören müssen wir etwas – und dann werden wir wissen, wohin wir zu gehen haben.«

Sie blieben nun stehen – aber sie hörten nichts. Sie blieben noch ein wenig länger stehen, aber es meldete sich nichts, nicht ein einziger Laut, auch nicht der leiseste, außer ihrem eigenen Atem, war zu vernehmen – ja in der Stille glaubten sie den

Schnee zu hören, der auf ihre eigenen Wimpern fiel, denn was ganz ungewöhnlich war in diesen Gegenden, auch nicht das feinste Lüftchen rührte sich an dem ganzen Himmel. – Nachdem sie schon zu lange gewartet hatten, gingen sie wieder fort.

»Es macht auch nichts«, sagte er, »sei nur nicht verzagt, Sanna, folge mir, ich werde dich schon hinüber führen.«

Sie war nicht verzagt, sondern hob die Füßchen, so gut es gehen wollte, und folgte ihm. Er führte sie in dem weißen, lichten, regsamen und undurchsichtigen Raume fort. Nach einer Weile war es, als sähen sie zu ihrer Linken etwas wie dunkel in dem so seltsamen, so weißen und so undurchsichtigen Lichte. Sie näherten sich und stießen fast daran; es waren hohe, dunkle, senkrechte Felsen, daran kein Schnee haften konnte, und die sie in ihrem Leben nicht gesehen hatten. Sie gingen neben denselben fort, und wie sie sie gefunden hatten, ohne es zu wissen, verloren sie sie auch wieder, ohne es zu wissen. Es war einmal wieder nichts da, als das unermeßliche Weiß, und sie mochten rechts oder mochten links schauen, so war nirgends ein Dunkel zu erblicken. Es schien, als wäre hier eine ungeheuer größere Lichtfülle, als in ihrem Tale, und dennoch konnte man nicht drei Schritte vor sich sehen; Alles war, wenn man sich so ausdrücken dürfte, eine einzige weiße Finsternis durch einander, und wegen der gänzlichen Abwesenheit jeden Schattens konnte man keine Dinge als Körper sehen, und öfter, wenn sie dicht an einer steil angehenden Stelle standen, sahen sie dieselbe wie eben, bis sie den Fuß faßte und ihn anzuklimmen zwang.

»Mir tun die Augen weh«, sagte Sanna.

»Schaue nicht auf den Schnee«, antwortete der Knabe, »sondern in die Wolken. Mir tun sie schon lange weh; aber es macht nichts, ich muß auf den Weg schauen. – Siehst du, Sanna, wir könnten wieder zur Großmutter zurückkehren, aber weißt du, weil jetzt der Tag so kurz ist und weil es sehr bald finster wird, so könnten wir sie nicht mehr erreichen, denn es käme eher die Nacht. Wir sind auf dem Berge, den man von dem Garten des Wagners so schön und so weiß sehen kann, erinnerst du dich? – und ich werde dich gleich von ihm hinabführen in die Gschaid.«

Das wußten sie wohl schon längst, daß sie auf keinem Wege mehr gingen, weil sie immer Steilheiten, an die der Fuß stieß, auszuweichen hatten, und weil sie unter dem jungen Schnee, in dem sie wateten, keinen erdigen Boden, sondern etwas Anderes empfanden, das wie älterer gefrorner Schnee war; aber da sie ihrer Richtung gewiß waren, so gingen sie immer fort, – sie liefen mit einer Hast und Ausdauer, deren ein Erwachsener durchaus nicht fähig gewesen wäre, immer fort und fort. – Wenn sie stehen blieben, war Alles still, unermeßlich still; wenn sie gingen, hörten sie das Rascheln ihrer eigenen Füße und sonst nichts; denn die Massen des Himmels sanken ohne Laut, daß man auf der Erde ordentlich den Schnee wachsen sehen konnte. Sie selber waren so bedeckt, daß sie sich von dem allgemeinen Weiß nicht hervorhoben und sich, wenn sie nun ein paar Schritte getrennt worden wären, einander nicht mehr gesehen hätten. – Endlich gelangten sie wieder zu Gegenständen, es waren riesenhaft große, sehr durch einander liegende Trümmer, die mit Schnee bedeckt waren, der überall in den Zwischenklüften durchrieselte und an die sie sich ebenfalls fast anstießen, ehe sie dieselben gewahrten. Wie sie die großen Platten näher ansahen, war es Eis, lauter Eis. Manche ragten so hoch empor wie der Kirchturm in Gschaid, manche waren wie Häuser, andere hatten Höhlen eingefressen, durch die man mit einem Arme durchfahren konnte, mit einem Kopfe, mit einem Körper, mit einem ganzen großen Wagen voll Heu. Alle waren entweder emporgedrängt und starrten, oder lagen über einander, daß sie vorragten und Dächer bildeten, über deren Ränder sich der Schnee hinüberlegte und herabgriff wie lange weiße Tatzen. Selbst ein großer, schreckhaft schwarzer Stein, wie ein Haus, lag unter dem Eise und war emporgestellt, daß er auf der Spitze stand, daß kein Schnee auf seinen Seiten liegen bleiben konnte, und daß es aussah, als wäre er von dem Eise daher geschoben worden. Und noch manche andere Felsen staken in den Schollen. Wie sie so in den Trümmern herumgingen, winzig kleine Dinge, und unter die Überhänge gleichsam wie nach schützenden Orten hineinsahen, gelangten sie zu einem Graben, zu einem breiten tief gefurchten Graben, der gerade aus dem Eise hervorging. Er sah aus wie das Bett eines Stromes, der aber jetzt ausgetrocknet ist und überall mit dem frischen Schnee bedeckt war. Wo er aber aus dem Eise hervorkam, ging er gerade unter einem Kellergewölbe heraus, das es recht schön über ihn gespannt hatte. Die Kinder kletterten an den Rändern hinab in das Bett und gingen unter das Gewölbe hinein, und immer tiefer hinein – es war ganz trocken und unter ihren Füßen hatten sie glattes Eis – in der ganzen Höhlung aber war es blau, so blau, wie gar nichts in der Welt ist, viel tiefer und schöner blau, als das Firmament, gleichsam wie ein himmelblau gefärbtes Glas, durch welches lauter Schein hineinsinkt – es waren dickere und dünnere Bogen, und es hingen Zacken und Spitzen und Fransen herab – es wäre noch tiefer zurückgegangen, sie wußten gar nicht wie tief – es wäre auch recht gut gewesen in der Höhle, denn es fiel kein Schnee, aber es war gar zu schrecklich blau, und sie gingen wieder hinaus. Sie gingen ein wenig in dem Graben fort und kletterten dann am andern Rande des Bettes wieder hinaus.

»Da muß aber recht viel Wasser gewesen sein, weil solches Eis ist«, sagte Sanna.

»Das ist von keinem Wasser«, sagte der Bruder, »das ist das Eis des Berges, welches immer oben liegt, weil es so eingerichtet ist, und welches man sehen kann, wenn man nur recht scharf heraufschaut. Siehst du, jetzt werden wir da gerade von dem Eise hinunterlaufen und da kommen wir in das Tal, denn ich habe es recht oft gesehen, wie von dem Eise der Berg immer herabgeht, immer herab, bis er zu uns in den Wald und in die Felder herunterkömmt.«

»Ja«, sagte Sanna und klammerte sich an ihn an.

Sie gingen wieder in den tiefen Schnee hinaus und eilten gerade von dem Eise abwärts, um in das Tal zu kommen, aber sie kamen nicht hinab. Ein neuer Strom von Eis, gleichsam ein riesenhaft aufgetürmter und aufgewölbter Wall griff mit langen krummen Armen herum und lag unterhalb ihnen quer durch den weichen, wachsenden Schnee. Unter der weißen Decke, die ihn oben verhüllte, glimmerte es seitwärts grünlich und bläulich, und dunkel und schwarz, und selbst rötlich heraus. Mit dem Starkmute der Unwissenheit kletterten die Kinder in das Eis hinein, um den vorgeschobenen Geröllstrom desselben quer zu überschreiten und dann jenseits weiter zu kommen, wo es gleich hinabgehen mußte. Sie schoben sich in die Spalten hinein, sie setzten den Fuß auf jedes Körperstück, das oben mit einer weißen Schneehaube versehen war, war es Fels oder Eis, sie nahmen die Hände zu Hilfe, und krochen, wo sie nicht gehen konnten, und griffen sich durch die Massen Schnee hindurch, der oft unter ihnen wegbrach und dicht neben dem Auge den schreckblauen Streifen einer

Spalte bloßlegte, wo früher das Weiß gewesen war – aber es tat nichts, sie arbeiteten mit ihren leichten Körpern fort, bis sie die Seite des Walles überwunden hatten und oben waren.

Aber das Jenseits, wo es nun sogleich hinabgehen sollte, war nicht da, der Wall hatte kein Jenseits.

So weit der Schneefall, der nun bedeutend weniger geworden war, das Auge reichen ließ, standen Unebenheiten und Spitzen und Schollen empor, wie lauter zertrümmertes furchtbar überschneites Eis. Statt einer Wölbung, die der Wall von unten gesehen versprach, daß sie sanft hinübergehen und dann den ebenen abwärts führenden Schnee zeigen würde, stiegen aus dem Körper des Walles neue Wände von Eis empor, zerborsten, zerkluftet und mit unzähligen blauen geschlängelten Linien versehen, und jenseits der Wände sahen wieder neue hervor, höhere, und jenseits derselben weiter draußen wieder – gelagert, quellend gleichsam, als schöbe das Eis sich vorwärts und fließe gegen die Brust der Kinder heran. Zwischen durch, wo die Eiskörper wie aneinander geschmettert starrten, gingen Linien, wie Wege, die dahingeschlängelte weiße Streifen waren, wo sich entweder fester Eisboden vorfand, oder die Stücke nicht gar so zerschoben waren. In diese Pfade, wo sie nach abwärts zielten, gingen die Kinder hinein und liefen fort – kein einziges sagte ein Wörtlein. Das Mädchen folgte dem Knaben. – – Aber es war Eis, lauter Eis. – – Wo es sich abwärts neigte, war nicht hinunter zu kommen, ohne zu stürzen, und wo es sich weniger senkte, glaubten sie nicht schnell genug in das Tal zu gelangen. Endlich nach den verschiedenen Richtungen, die sie hin und her einschlugen, kamen sie wieder in die wilderen, zerworfeneren, zerklüfteteren und höheren Eistrümmer, wie sie gerne am Rande sind, und gelangten kletternd und kriechend hinaus. Hier war wieder ein Saum des Eises, und Steine lagen gehäuft, wie sie dieselben in ihrem Leben nicht gesehen haben. Viele waren eingehüllt in Weiß, und zeigten nur riesenhafte ungeschlachte Knollen, viele standen mit glatt geschliffenen Wänden umgewälzt auf der schmälern Seite da, viele waren übereinander gelagert, wie Dächer und Hütten und manche staken hoch oben mitten im Eise. Wo sich die Kinder herausgefunden hatten, lagen einige gar sonderbar auf einander, mit den Häuptern gegen einander gestoßen und mit einem breiten, weit überragenden Blocke bedeckt, war es ein Häuschen, das sie bildeten, das gegen vorne offen, gegen hinten aber geschützt, und innerlich ganz trocken war, da der ruhige steilrechte Schneefall keine einzige Flocke hineingetragen hatte. Die Kinder waren froh, daß sie nicht im Eise waren, und auf ihrer Erde standen.

Hier aber war es endlich auch finster geworden.

»Sanna«, sagte der Knabe, »wir können nicht mehr hinabgehen, weil es Nacht geworden ist und weil wir fallen könnten, oder gar in eine Grube geraten, wir werden da unter die Steine hineingehen, wo es trocken ist, und wo es so warm ist – und da werden wir warten. Die Sonne geht recht bald wieder auf, dann laufen wir herunter. Wein nicht, ich bitte dich recht schön, weine nicht, ich gebe dir alle Dinge zu essen, welche uns die Großmutter mitgegeben hat.«

Sie weinte auch nicht, sondern nachdem sie beide unter das steinerne Überdach hineingekrochen waren, wo sie nicht nur bequem sitzen konnten, sondern auch stehen und ein wenig gehen, setzte sie sich recht dicht an ihn, nachdem sie sich niedergesetzt hatten, und war mäuschenstille.

»Die Mutter«, sagte Konrad, »wird nicht böse sein, wir werden ihr von dem vielen Schnee erzählen, der uns aufgehalten hat, und sie wird nichts sagen. Wenn uns kalt wird, weiß du – dann mußt du mit den Händen an deinen Leib schlagen, wie die Holzhauer getan haben, und da wird dir wärmer werden.«

»Ja, Konrad«, sagte das Mädchen, und war nicht gar so untröstlich, daß sie heute nicht mehr über den Berg hinabgingen und nach Hause liefen, wie er etwa glauben mochte, denn die unermeßliche Anstrengung, von der die Kinder nicht einmal gewußt hatten, daß sie sie gemacht, ließ ihnen das Sitzen süß, unsäglich süß erscheinen, und sie gaben sich hin.

Wirklich nahm nun Konrad aus seinem Ränzchen die zwei Stücke weißes Brot, die ihnen die Großmutter mitgegeben hatte, wenn etwa ein

Hunger über sie kommen sollte und auf die sie bisher in ihrem Eifer nicht gedacht hatten, heraus, und gab sie beide an Sanna. In der Tat aß das Kind mit Begierde von dem Brote, es aß das eine Stück und einen Teil von dem zweiten, dann reichte es den Rest an Konrad, da es sah, daß er nicht aß. Er nahm es und während er noch im Verzehren begriffen war, lösete er auch den Bündel, den ihm die Großmutter gegeben hatte, von seinem Halse, auf den er ihn sich gebunden hatte, um bei dem Steigen und Klettern leichter fortzukommen. Es waren nebst andern Dingen Äpfel und Milchbrote in dem Bündel, und die Kinder aßen von den Sachen, so viel sie vermochten. Dann nahm Konrad das Tuch, aus dem der Bündel gemacht worden war, und band es sich zu größerer Wärme noch um die Schultern. Die Schachteln und anderen Dinge, die darinnen gewesen waren, legte er derweilen sauber an einen Stein, um sie morgen beim Fortgehen wieder einzubinden und mitzunehmen.

Da saßen nun die Kinder und schauten vor sich hin. Überall, so weit sie in der Dämmerung noch zu schauen vermochten, lag flimmernder Schnee hinab, dessen einzelne winzige Täfelchen hie und da in der Finsternis seltsam zu funkeln begannen, als hätte er unter Tags das Licht eingesogen und gäbe es jetzt langsam von sich.

Der Knabe hatte gemeint, sehr bald von dem Berge hinabkommen zu können, und wie unendlich weit mußten sie von jeder menschlichen Wohnung

entfernt sein; in mehren Tälern und darin in jedem Dorfe wurden jetzt in dieser Zeit die Aveglöcklein geläutet, sie hörten nicht ein einziges herauf – in jedem Hause wurde nicht nur ein Licht angezündet, daß seine Fenster hell wurden, sondern unzählige Kerzlein brannten heute Abends, daß ganze Reihen von Fenstern schimmerten, sie sahen nicht ein einziges herauf – kein Zeichen, auch nicht das unmerklichste, kam von dem lebenden Teile der Erde zu ihnen herauf. So wie die Augen der Erwachsenen hatte um so mehr die kindlichen Augen der Kleinen der Berg mit seiner vorgespiegelten Nähe getäuscht, wenn sie so in dem obenberührten Garten des Wagners, ihres Nachbars, saßen, und auf das Weiß des Berges schauten, wie man von demselben herabgehen könnte, um die blauen Hügel herum, dann in den Wald herab, dann auf das Feld des Ascherbauers und dann nach Hause. Wie ganz anders mußte es sein, als sie damals gerechnet hatten.

Die Nacht brach mit der in großen Höhen gewohnten Schnelligkeit herein. Bald war es überall um sie herum ganz finster, nur daß der Schnee mit seinem unheimlichen geisterhaften Lichte fortfuhr zu leuchten. Der Schneefall mußte ganz aufgehört haben; denn ein einzelnes Sternlein sah man an dem Himmel funkeln, und um die weißen Hügel und Kämme entwickelte sich eine Klarheit, wie sie kaum bei Tage gewesen ist. Es rührte sich noch immer kein Lüftlein, die Stille dauerte, wie sie den ganzen Tag gedauert hatte, und in der Steinhöhle war es ordentlich wärmer, als es an jedem andern Platze am ganzen Tag gewesen ist. Die Kinder saßen recht enge an einander gedrückt und ruhten – sie ruhten so süß, daß sie fast die Finsternis vergaßen zu fürchten.

Die Sternlein wurden immer mehr und mehr, sie funkelten immer glänzender, bis zuletzt gar kein einziges Wölklein mehr am Himmel war. Der Schnee war ringsum hinter die Berge hinabgesunken, und ein ganz dunkelblaues, fast schwarzes Gewölbe spannte sich um die Kinder voll von dichten brennenden Sternen, und mitten durch war ein schimmerndes, breites milchiges Band gewoben. Sie wußten nicht, daß die Sterne sich bewegen und weiter rücken, sonst hätten sie an ihnen das Vorschreiten der Nacht erkennen können, aber es kamen neue und gingen die alten, sie aber glaubten, es seien immer dieselben. Auch lichter wurde es um sie im Scheine dieser Sterne, aber sie sahen kein Tal, auch keine Gegend, sondern es war überall weiß, und nur ein dunkles Horn, ein dunkles Haupt, ein dunkler Arm ragte aus dem Schimmer empor. Der Mond war nirgends am ganzen Himmel zu erblicken, er mußte gleich mit der Sonne hinuntergegangen sein.

»Sanna, du mußt nicht schlafen«, sagte nach einer langen Zeit der Knabe, »denn weißt du, wie der Vater gesagt hat, wenn man im Gebirge schläft, muß man erfrieren, wie der alte graugekleidete Jäger auch geschlafen hat, und dann vier Monate tot auf dem Steine gesessen ist.«

»Nein, ich werde nicht schlafen, Konrad«, sagte das Mädchen, welches er mit obigen Worten und mit einem kleinen Schütteln an den Ärmlein aus dem Schlummer aufgeweckt hatte. Er war nun wieder stille.

Aber aus dem sanften Drücken gegen seine Seite herüber merkte er bald, daß sie neuerdings entschlummert, und gegen ihn gesunken sei.

»Sanna, schlafe nicht, ich bitte dich, schlafe nicht«, sagte er.

»Nein«, lallte sie schlaftrunken, und schlummerte fort.

Er rückte nun ein wenig weiter von ihr, um sie zu bewegen. Sie sank nach und hätte zusammengebeugt fortgeschlafen, aber er nahm sie an der Schulter, und rüttelte an ihr.

Hiebei, weil er sich selbst stark rührte, bemerkte er, daß ihn eigentlich friere, und daß sein Arm sich schwer umbiege. Früher hatte er das nicht empfunden, sondern es war eine recht wohltätige Ruhe durch alle seine Glieder geflossen, und im Grunde war er selber schon auf dem Punkte gewesen, einzuschlafen, als er sich aufschreckte, da ihm das von dem Jäger eingefallen war, was der Vater erzählt hatte. Er ermannte sich in Folge des Schreckens und weckte die schlafende Schwester auf. Jetzt aber, da sie ihm wieder schlief, schüttelte er sie stärker und sagte: »Sanna, stehe ein wenig auf, wir wollen eine Zeit stehen, daß es besser wird.«

»Mich friert nicht, Konrad«, antwortete sie, »in der Pelzjacke ist es ja sehr warm.«

»Deine Fingerlein sind aber ganz steif«, sagte er.

Hierbei war er selber aufgestanden, um sie nach sich zu ziehen, und da fühlte er, daß ihn sehr friere. Plötzlich fiel ihm etwas ein und er sagte: »Die Großmutter hat gesagt, ein Schlückchen davon erwärmt den Magen so, daß den ganzen Körper nicht frieren kann, – die Mutter gibt dirs schon, Sanna, ich werde ihr Alles sagen – da nimm nun einen Trunk, ich werde auch trinken, denn mich friert sehr.«

Mit diesen Worten hatte er eilig aus dem Ränzchen, das er neben sich hingelegt hatte, die Flasche mit dem starken schwarzen Kaffeeabsude, den ihm die Großmutter aus kindischer Besorglichkeit und Freigebigkeit des Alters für die Mutter mitgegeben hatte, herausgenommen, den mit Papier umwikkelten Kork herausgezogen und die Öffnung des Halses zu Sannas Munde hingehalten.

Das Mädchen aber, dessen ganze Natur einzig nur mit Riesenwillen zur Ruhe zog, sagte: »Mich friert nicht.«

»Du mußt aber nehmen«, sagte der Knabe, »nimm, dann darfst du schlafen.«

Auf diese Aussicht hin bewältigte sich Sanna so weit, daß sie das fast eingegossene Getränk hinabschluckte. Er trank auch ein Bischen davon. Der ungemein starke Auszug wirkte sogleich, und dies um so heftiger, da die Kinder in ihrem Leben keinen Kaffee gekostet hatten. Statt zu schlafen, wurde Sanna nun lebhafter, und empfand, daß sie friere, empfand aber auch bald, daß sich Wärme durch ihre Glieder goß. Sie fingen sogar beide zu reden an.

Und so tranken sie trotz der Bitterkeit, die beiden abscheulich war, immer wieder von dem Getränke, sobald die Wirkung nachzulassen begann, und steigerten ihre unschuldigen und empfindlichen Nerven so, daß es wie ein Fieber war, welches allein im Stande war, den unablässigen niederziehenden Bleigewichten das Gegengewicht zu halten. Demungeachtet würden sie ganz gewiß der Natur unterlegen sein; denn Alles können Kinder eher entbehren, als die Süßigkeit des Schlafes, und Allem können sie eher Widerstand leisten, als der Allmacht des Schlafes, wenn ihnen nicht von Seite der Seele Hilfe gekommen wäre, die sie rettete.

Es war heute die heilige Nacht, in welcher Tausenden und Tausenden von Kindern Freude bereitet wird, nur sie allein saßen oben an dem Rande des Eises. Weil sie noch so jung waren, und jeden heiligen Abend im höchsten Drange der Freude erst spät entschlummerten, wenn sie ihre körperliche Natur überwältigte, so hatten sie nie das mitternächtliche Läuten der Glocken, nie die Orgel der Kirche gehört, obwohl sie nahe dabei wohnten. Heute wurde mit allen Glocken in der Kirche zu Millsdorf geläutet, alle Glocken läuteten in Gschaid, hinter

dem Berge war noch ein Dörflein mit drei hellen, klingenden Glocken, ringsum lagen Länder mit unzähligen Kirchen und Glocken – in allen wurde zu derselben mitternächtlichen Zeit geläutet, von Dorf zu Dorf ging die Tonwoge, durch alle blätterlosen Zweige der Obstgärten ging sie, die Gesellin der Menschen – nur hier oben wurde kein Laut derselben vernommen, nicht das entfernteste Summen, denn hier war nichts zu verkündigen – – – war es darum ganz lautlos, war es ganz tot in den Höhen, hörten sie nichts? – Was das Starreste scheint, und was das ewig Regsamste und Lebendste ist, das Eis des Gletschers krachte hinter ihnen in der majestätischen Einöde der Nacht – – dreimal hörten sie es, als ob es durch die entferntesten Adern liefe, und tief die Festen des Berges sprengte – – dann war es still und immerfort still – – nur etwas Anderes begann sich zu entwickeln, was so gerne in diesen Höhen seine Feier hält; wie sie so saßen, erblühte am Himmel vor ihnen ein bleiches Licht mitten unter den Sternen, einen schwarzen Bogen durch dieselben spannend – es hatte einen grünen Schimmer, der sich sachte nach unten zog, aber immer blühender, immer heller wurde das Licht des Bogens, bis sich die Sterne von ihm zurückzogen und erblaßten, und eine schimmergrüne Milch des Lichtes sachte und lebendig nach andern Gegenden des Firmamentes floß – dann standen Garben verschiedenen Lichtes auf der Höhe des Bogens, wie Zacken einer Krone, und brannten – – es floß schimmerig durch die benachbarte Gegend, es sprühte leise und ging im sanften Zucken durch lange Räume, als hätte sich durch den unerhörten Schneefall die Elektrizität des ganzen Himmels gespannt, und flösse aus in diesen stummen glorreichen Strömen des Lichtes. Dann wurde es immer schwächer und schwächer, bis es erlosch und wieder nur die Tausend und Tausend einfachen Sterne am Himmel standen und glänzten.

Wunderbar war es, daß keines der Kinder zu dem andern etwas sagte, sondern daß sie fort und fort saßen, und mit den offenen Augen den Himmel anschauten.

Endlich, da nichts mehr sich regte, als manchmal eine schießende Schnuppe, da die ganze Nacht kein Laut sich mehr hören ließ, kam wieder ein anderes Licht, aber kein Bogen, sondern ein langer Streifen im Aufgange, der den Schnee zu ihren Füßen hellte, der langsam klarer und klarer wurde, bis nach langer Zeit ein dünner Wolkenfaden, der in ihm schwamm, sich entzündete, und aller Schnee um sie wie Millionen Rosen blühte und die Steine und Kogel lange grüne Schatten über die Rosen zogen.

»Sanna, jetzt ist es licht«, sagte der Knabe, »und wir werden hinunterlaufen.«

Sie richteten ihre Sachen, namentlich der Knabe seinen Bündel, und brachen auf. Aber sie mochten gehen, wie sie wollten, der Berg wurde nicht anders; ihre starren, todmüden Glieder wurden geschmeidiger und stärker, aber Schneefeld entwikkelte sich aus Schneefeld, hohe Felsen sahen sie jetzt auch an den Seitenwänden des Eises stehen, die sie gestern in der Trübe des Schneiens nicht gesehen hatten. Eine riesige, dunkelrote Scheibe tauchte auf und machte Myriaden Funken – aber wie sie hinabkämen, sahen sie nicht, Schnee war und lauter Schnee – abschüssige Hänge, wo sie gestürzt wären, oder Wege, die sie wieder hinaufführten.

Endlich sah Konrad Etwas, wie ein auf dem Schnee hüpfendes Feuer, es tauchte auf, es tauchte nieder; er zeigte es Sanna, sie sahen hin – sahen es, sahen es nicht, sahen es wieder – es schien, als nä-

here es sich – ein langer anhaltender Ton, wie aus einem Hirtenhorn, wurde in demselben Augenblicke hörbar – – wie aus Instinkt riefen beide Kinder laut – zugleich erkannten sie das Feuer: es war dieselbe rote Fahne, die vor einem Jahre ein fremder Mann, der mit dem Eschenjäger die Spitze des Berges erstiegen hatte, zum Zeichen der Ankunft oben aufgepflanzt und nachher den Gschaidern geschenkt hatte – – sie wurde jetzt nicht mehr geschwenkt, wie früher, sondern hoch emporgehalten, als stecke sie im Schnee. Die Kinder gingen darauf zu, der Ton wiederholte sich von Zeit zu Zeit, sie antworteten durch einen Ruf – die Rufe kamen sich näher – die Fahne näherte sich auch – – und in Kurzem sahen sie mehre Männer über einen Schneehang mit ihren Stöcken zu ihnen herabfahren. Es war der Hirte Lipp mit seinen zwei Söhnen, er hatte das Horn – von der andern Seite kam der Eschenjäger mit der Fahne, alle seine Leute waren mit ihm, sieben Männer umringten die Kinder.

»Gebenedeit sei Gott«, schrie Lipp, »da seid ihr! Der ganze Berg ist voll Leute. Lauft gleich Einer zu der Sideralpe hinab und läutet die Glocke, damit sie hören, daß wir sie gefunden haben. Steckt die Fahne aus, daß sie dieselbe in dem Tale sehen und die Pöller abschießen, damit es die wissen, die im Millsdorfer Walde suchen; ferner, damit auch die Rauchfeuer angezündet werden, auf den Berg herauf grüßen und Alle zur Alpe hinab bedeuten. Das sind Weihnachten!«

Nach diesen Worten sagte gleich ein Jäger: »Ich laufe in die Alpe, bringt die Kinder nach.«

Der Eschenjäger nahm das Mädchen, der Hirt den Knaben, die Andern halfen; und so führten sie die Kinder, mit denen sie sogar häufig über Flächen hinabfahren mußten, nieder zu der Sideralpe, deren Glöcklein unablässig läutete. Auch der Pöllerdonner wurde in Folge der aufgesteckten Fahne hörbar und der steigende Rauch sichtbar: für die Kinder wieder die ersten Zeichen des unten liegenden heimatlichen Tales. In der Sideralpenhütte brannte ein Feuer, die Mutter war da, und mit einem furchtbaren Schrei sank sie in den Schnee zurück, als sie die Kinder mit dem Eschenjäger kommen sah. Sie wollte ihnen zu essen geben, sie wollte sie wärmen, aber bald sah sie, daß Alles nicht Not sei; denn in die mitgebrachten Kleider gehüllt und durch die Freude gestärkt, zeigten sie gleich, daß Alles, Alles gut sei.

Wie nach einer Weile wieder ein Trupp Männer den Schneehügel herabkam, während das Hüttenglöcklein immer fort läutete, liefen selbst die Kinder mit den Andern hinaus, um zu sehen, wer es sei. Der Schuster war es, der alte Alpensteiger, der an der Spitze der besten Freunde und Gesellen herabkam.

»Sebastian, da sind sie!« schrie das Weib.

Er aber war stumm, zitterte und stürzte auf sie zu. – Dann rührte er die Lippen, als wollte er etwas sagen – sagte aber nichts und riß die Kinder an sich – und hielt sie lange. Dann nahm er den hinabgefallenen Hut, trat unter die Männer und wollte reden. Aber er sagte nur: »Nachbarn! Freunde! ich dank' euch.«

Nach einer Weile fuhr er fort und sagte: »Sind Alle beisammen, so können wir in Gottes Namen aufbrechen.«

Auf die Antwort, daß noch Manche fehlen, ging er in die Hütte. Die Kinder mußten durchaus etwas Warmes essen, und da indessen die meisten Suchenden zusammengekommen waren, so machte man sich insgesamt auf, nach bekannten Richtungen abwärts zu schreiten, um das Tal zu gewinnen. – Es war mittlerweile zehn Uhr geworden, und da man über eine sonnige Fläche Schnees sanft abwärts ging, tönte das Glöcklein der Gschaider Kirche, die Wandlung des heiligen Hochamtes verkündend.

Fast kein Mensch von Gschaid war heute in der Kirche, der Pfarrer hat beinahe allein die heilige Handlung verrichtet und das Wandlungsglöcklein tönte herauf. Da sank die ganze Gesellschaft auf die Knie, schlug an die Brust und betete auf der hell beleuchteten Fläche des Schnees, bis kein Ton mehr zu hören war und bis sich die Rührung gelegt hatte. Dann standen sie auf und gingen weiter.

Ganz unten, dort wo der einzige Bergweg nahe gegen den Wald des Halses hinüberläuft, trafen sie auf Spuren, von denen der Schuster sagte: »Das sind keine Fußstapfen von meinigen Schuhen.«

Das Rätsel klärte sich auch bald auf. Wahrscheinlich auf die vielen Stimmen, die hier tönten, kam wieder eine Abteilung Männer auf die Herabwandelnden zu – es war der aschenhaft entfärbte Färber, der mit seinen Knechten und mehren Millsdorfern daher kam.

»Sie sind über das Gletschereis und über die Schründe gegangen, ohne es zu wissen«, rief der Schuster seinem Schwiegervater zu.

»Da sind sie ja, da sind sie ja – Gott sei Dank! – ich weiß es schon, daß sie oben waren«, antwortete der Färber. »Als dein Bote hinüberkam und wir mit Lichtern auf dem ganzen Walde des Halses suchten, und riefen, und sie nicht fanden, – und als das Morgengrau anbrach, bemerkte ich an dem Wege, der von der roten Martersäule links gegen das Kuhtal und von da durchaus gegen den Schneeberg angeht – – ich bemerkte, daß dort, wo er eben von der Säule weggeht, hin und wieder mehre Reiserchen und Rütchen geknickt sind, wie Kinder gerne tun – da wußte ich es – der Weg ließ sie nicht mehr aus, weil vom hohen Kuhtale beiderseitig Felsen sind, sie mußten hinauf – ich schickte gleich zu dir herüber, der Holzknecht Michael aber, der uns auf dem Berge traf, sagte, daß ihr sie bereits gefunden habt und hier herabkommen würdet.«

»Ja«, sagte Michael, »ich habe es gesagt, weil ich die rote Fahne als verabredetes Zeichen auf dem Krebssteine schon aufgepflanzt sah und Alle um die Sideralpe herum erblickte, und weil sie hier

herab gehen müssen. Es geht sonst auch über die Wand, aber das wird jetzt nicht gangbar und gänzlich verschneit sein.«

»Danken wir Alle Gott – danken wir Alle Gott«, sagte der Färber und kehrte mit seinen Leuten um, die Gschaider zu begleiten.

Unten, wo schon eine Art Weg war, wartete der Schlitten, welcher die Mutter und die Kinder aufnahm und schnell gegen Gschaid entführte. Die Andern folgten nach, und auch die, welche noch auf dem Berge waren, fanden sich nach und nach herunter, so daß Abends der Letzte mit der Fahne ankam.

In Gschaid wartete auch schon die Großmutter, welche herüber gefahren war.

Die Kinder waren von all dem Getriebe betäubt; man hatte sie zu Bett gebracht, und spät Nachmittag, als sie sich ein wenig erholt hatten, einige Nachbarn und Andere in der Vorstube waren und sich von dem Begebnis unterredeten, die Mutter aber an dem Bettchen Sannas saß und sie streichelte, sagte das Mädchen: »Mutter, ich habe heute Nacht den heiligen Christ gesehen.«

»O du mein geduldiges, du mein liebes, du mein herziges Kind«, antwortete die Mutter, »er hat dir auch Gaben gesendet, die du bald bekommen wirst.«

Die Schachteln waren ausgepackt worden, die Lichter waren angezündet, die Tür in die Prunkstube hinein wurde geöffnet und die Kinder sahen

vom Bette auf den verspäteten, hell leuchtenden, freundlichen Christbaum hinein. Trotz der Erschöpfung mußte man sie ein wenig ankleiden, daß sie hineingingen, die Gaben sahen, empfingen, bewunderten und endlich mit ihnen entschliefen.

Im Wirtshause zu Gschaid war es an diesem Abende lebhafter, als je. Alle, die nicht in der Kirche waren, befanden sich jetzt beim Kruge, alle Andern auch, und Jeder erzählte, was er gesehen, was er gedacht, was für Begegnisse und Gefahren waren, und wie man Alles viel besser hätte machen können, und wie sich Jeder eigentlich ausgezeichnet habe. Manche Woche, manche Monate, viel-

leicht den ganzen Winter wird dies noch Gegenstand des Gespräches sein.

Die Kinder waren von nun an, da sie von den Gschaidern gerettet wurden, erst rechte Eingeborne des Dorfes, und sie werden von diesem heiligen Abende reden, so lange sie auf dem Schusterhause in Gschaid leben, und ihre Kinder und Kindeskinder werden noch davon erzählen, wenn von dem Berge die Rede ist, den man von dem Wagnergarten aus so schön sieht.

Zu dieser Ausgabe

insel taschenbuch 699
Adalbert Stifter, Der heilige Abend

Der Text folgt der Ausgabe: Adalbert Stifter, Erzählungen in der Urfassung. Herausgegeben von Max Stefl, Adam Kraft Verlag, Augsburg 1952. Erstveröffentlichung in: Die Gegenwart. Politisch-literarisches Tagsblatt, Wien. 1. Jahrgang 1845. Nr. 67–71. Die Illustrationen wurden von Monika Wurmdobler für die vorliegende Ausgabe angefertigt.